Slow Descent and Other Little Stories

Ed Fair

Published by Ed Fair, 2023.

Table of Contents

ACKNOWLEDGEMENTS

For my daughter Sossity. I hope this collection of little stories will put a smile on your face when you read it now and always.

For Sossity's partner John, for my grandkids Riley and Zane, and my second round of grandkids, Brett, Grant and Jack. I hope that when you read this (and I hope that you DO read it), you will scratch your respective heads and think – "What in the hell is Grappa up to now?!"

A very special thanks to my dear partner, Isabel, who has offered unyielding support throughout this entire effort. Thank you for painstakingly translating each story into Spanish and for your meticulous editing and proofreading. Thanks also for your helpful and creative suggestions and gracias "por nunca poner sus ojos en blanco" (never rolling your eyes) when I would test out a new story idea on you.

Thanks also to my good friend Dennis Welch for serving as the occasional editor and encourager. Most importantly thanks for turning "Slow Descent" into a beautiful song which more-or-less kick-started this whole train.

Thanks to my old friend Van Wilks for opening the door for me to enter the music business and for hiring me for my first job in the business as his road manager, even though we had no idea what that meant. That job laid the groundwork for "Slow Descent".

Thanks to Juan Gomez-Jurado, an outstanding Spanish author of many books, who I believe is a start at painting images with words. He taught me to appreciate the beauty of the Spanish language and the importance of drawing images with words. He is worth a read in Spanish or English.

PREFACE

I have never thought of myself as a writer and I am certainly not a poet. I have simply stumbled on to something, at not such a young age, that I like to do. I really have no idea where it came from or why it came. Whatever it is, it started in 1977, quickly went into hibernation, and then woke up again decades later.

I would rather be a painter because I like to try to paint pictures with words and phrases. I would love for these little stories to come alive for each reader and to conjure up vivid, colorful and powerful images. I want the readers to see something other than just words when they read a story.

I think of these more as little stories rather than poems. I am stuck with the archaic image of poetry with its strict guidelines and rhyme schemes. That is definitely not me or these stories. I cannot picture myself sitting around the table with Billy Shakespeare and tossing couplets back and forth in iambic pentameter.

I use plenty of rhyming phrases, but I do not follow any pattern and sometimes no rhymes at all. That is why I think "little stories" is a better description. In any event, it sits better with me. Each story comes from my own heart and soul and none have been dictated by form over substance.

I like to write stories that contain unexpected twists and turns; stories in which maybe the reader cannot predict what happens until it happens. Sometimes I cannot predict what happens until I write it. Even then, I might decide to change it later.

Some stories are inspired by growing up in central Texas in the 1960s and 1970s just a few hours from the Texas-Mexico border. Several of the stories take place in Texas. Other stories are inspired by an appreciation of the beauty and history of the southwestern United States. Still others are inspired by a growing infatuation with Latin America and a love of the Spanish language. The ideas for other stories simply fell out of the sky. Sometimes, you just need to open up and turn on your receivers. You might be surprised what you pick up.

Some stories are happy, some are sad and some are left to the reader to decide. I hope you enjoy them.

THE STORY BEHIND "SLOW DESCENT"

In the 1970s, I was the road manager for my lifelong friend Van Wilks and his early band, Fools. The band often had a residency for a couple of weeks in El Paso, Texas. During those days, I really didn't have much work to do and there was plenty of time to kill. This was also during the period when you could easily walk back and forth across the bridge from El Paso to Juarez, Mexico. We often did and the bridge was full of life. Watching this scenario coupled with some boredom somehow flipped a switch that pushed me to write a story or a song. At the time I didn't know which.

After I got up the nerve to show it to Van, he did make an effort to put "Slow Descent" to music and contributed some phrases. We didn't think much more about it at the time, and I filed it away somewhere in the corner of my head. This would have been sometime in 1977.

Every few months, the words would float through my head as I knew them by heart. In reality, though, it pretty much laid in wait for 45 years. I never showed the story, poem or whatever it was to anyone but Van. Still deep down inside, I thought it was a good story and had some pretty lines.

Sometime during late 2022 my good friend Dennis Welch, who is an excellent songwriter, encouraged my girlfriend, Isabel Argüello, and me to watch the Ken Burns PBS Country Music documentary. I was never much of a country music fan, but I thought it would be a good way to introduce Isabel to country music. Needless to say, we loved it and it completely changed my perspective on country music - not my perspective on Nashville but on country music.

Something in those beautiful stories about the history of that music and its creators inspired me to wake Slow Descent from its stupor and something also gave me the courage to send it to Dennis. He not only loved it, but immediately wrote music for it. He modified it and with his producer, Rich Herring (Little River Band), created an excellent recording. The recording will be including on Dennis's album entitled "If I Live To Be A Hundred" to be released in the summer of 2023.

That whole experience, especially the fact that Dennis turned this little story into a beautiful song, kicked (or tricked) me into thinking that maybe I could write something else - and I did. So here they are – ten little stories in English and Spanish.

SLOW DESCENT

July called up a sultry afternoon
She must have been waiting for the call
Wind chipped away at the boredom
Trying to chase summer into fall

Begging pesos on the bridge that stole from Juarez
Silk scarf hiding hard lines on your face
You drew me near and I started to fear
That you would close the book and I would lose my place
I felt your call and began to fall in a slow descent

You never looked straight at the camera
You said the flash was a blinding glare
I saw a story as the day began to melt
And the sun dripped off your sand-bleached hair

I would display you as a rare betrayed contessa
For all my silver-circuit friends to see
Sonora gypsy from the caravan
So calm in her casual misery
A fantasy that sentenced me to a slow descent

You followed my lead like a dancer
They were shocked you could be so naïve
I always played a good game of charades
But I never saw the trump card up your sleeve

Now rumor roamed the streets whispering your claim to millions
Against the baron's Spanish estate

A thousand suitors lined the boulevard
With their carving knives and paper plates

As I watched your fashion magazine pacify you
Suddenly you seemed so cynical and chic
Your words cut through the air like diamonds
As my half-smiles crumbled at your feet

Dishes dance outside the Sundown Cafe
Where you caught my last teardrops of goodbye
A minuteman must use his weapons
To save him from the daggers in your eye

Now I stand outside your marble walls and wonder
If you remember or even know my name
All that's left of you is just a jaded memory
And an empty picture frame
You came and went and left me in a slow descent

TIRED APOLOGIES

His voice cracked like thunder
When he offered up his best goodbye
Tired apologies rolled off his lips
But he couldn't look her in the eye

The rocker creaked as he struggled to stand
To mumble some rambling phrase
By then her words had disappeared
So he sunk back into his haze

The dust blew off the broken steps
Where her shadow used to lie
He dreamed he heard her gentle whisper
As soft as a new angel's cry

His nerves sharp as a switchblade
Jumped at the rustle of every leaf
Another round of cold blue pills
No longer broke the grief

Tonight he lays awake again
It's more than he can take again
He's too far down to try to pretend
Or justify what he didn't intend

Spilled wine spiraled down the table leg
Forming puddles on the floor
The raging guilt from deep inside
Seeped out of every pore

Icy fingers of loneliness
Crawled through every vein
The thin façade he once had built
Had cracked beneath the strain

Restless silence like a freight train roared
Unraveled and undone
With trembling hands and sunken eyes
His battle had just begun

Tonight he lays awake again
And he can feel his heart break and bend
A feverish ache he can't defend
It's more than he can take again

BLACK AND WHITE

The boy's skin was as pale and thin as fine white porcelain
His eyes as gray as an overcast sky on a cold December day
He never showed any emotion but inside his world was a raging ocean
No word or sound – just a frozen stare like a clock unwound

His thick curls of chocolate brown hair tumbled down
From everywhere countering his fair skin and his vacant stare
They tried to reach the boy with every type of gadget and toy
Which seemed more to annoy than offer the slightest hint of joy

He had built a wall so thick and so strategically placed every brick
That no scream or chatter could ever break through
He would only touch paper and pen until he picked them up again
To fill in the dark shades of every sketch he ever drew

He sees the world in black and white and he draws it as he sees it
Each broad stroke of ink unlocks his talent and frees it
An image travels through his heart to his hands and the result displays
it
The effort seems to calm his struggle or at least delays it

For the old man next door each breath was a labor and a chore
Gravity had weighed him down like a tree bent over to the ground
His long and empty days were clouded with remorse and regret
From the bleakest sunrise to the harshest sunset

Life had carved canyons from his brow down his leathery cheek
That slowly ran deeper with each passing week
Cobwebs crawled out from the corners of his eyes

All flashing warnings of an impending demise

Nobody knew his name or the tragic place from where he came
No one could intrude into his perpetual solitude
He once composed exquisite paintings of profound beauty and grace
Among the best of his time he had rightfully earned a place

She had given him the drive to keep his passion alive
She inspired him to the point where his craft could thrive
In a split second the fairytale came to a screeching halt
The day they found her breathless on the burning asphalt

Somehow the boy sensed an overpowering connection
He found himself pulled like a magnet in the neighbor's direction
He rings the bell and drops a drawing on the worn out doormat
Then disappears behind the tall shrubs in two seconds flat

He dragged himself across the dimly lit room
To peak outside his self-imposed gloom
Shocked and overwhelmed by the boy's skill he discovers
An incredible image but without any colors

Day after day the boy leaves him a new one in black and white
Each delivers a scene with more powerful insight
They begin to break down the old man's hardened shell
Shattering the walls of his heartbroken hell

The boy uncovers a frayed book of paintings to his wide-eyed delight
Full of brilliant pastels that glow in the late-afternoon light
Alongside the old man left a box full of paints, a palette and brushes
Each one comes alive in the young boy's tight clutches

The explosive splashes of red, orange and green
Appear to the boy like nothing he has ever seen
Suddenly a vivid new world unveils before him
He casts aside the noises and decides to ignore them

Now they sit side by side on the porch swing as it glides
Like the gentle movement of the cool evening tides
Held up by a rusty chain that creaks from its years
They never speak but the old man knows the boy hears

Each one creates his next vision in an intense sketch
And hands it to the other with his arms outstretched
Each congratulates the other with nods and smiles
Followed by deep laughs that travel a thousand miles

NOTHING WAS IMPORTANT UNTIL EVERYTHING WAS

Whittling away the night behind the ninth hole green
Polishing up the image of a tortured teen
Blasting Hendrix like a beacon across the country club lake
Struggling to stay awake to catch a peek at daybreak

Toasting in the sun on the battered boat dock
Burning up hours with no eyes on the clock
Tubing in the wake behind the twin Evinrude
Breaking a game of 8-ball to maintain the mood

Biking down the deer track near the Camp Bowie tank
Firing up a Kool on the moss-covered bank
Watching for the train under the Bluffview bridge
Hearing the distant rumble before it crests the bare ridge

Boots on the bumper at Riverside Park
Stars blazing like six-guns in the moonless dark
Nothing more important than catching a buzz
Nothing more important until everything was

She was a hazel-eyed dream bathed in violet-blue
A seismic quake that split his heart in two
The tremor from her beauty shook the core of his soul
A giant supernova he didn't want to control

All the pointless chatter faded like a cheap t-shirt
The boyhood laughter crashed headlong in the dirt
His angst cooled down in a fast break fashion

Transformed into a murmur of harmonic passion

He was thinking it would always stay the way that it was
But nothing changes in a heartbeat until everything does

BREAKING OUT

She had small listless eyes punctuated by an odd lack of lashes
All mostly hidden behind her dark horn-rimmed glasses
Her lifeless and wispy hair gave off no color at all
She carried a peculiar shape reminiscent of a Raggedy Ann doll

She was painfully shy when thrust into any social setting
She spent most of her day contemplating and painfully regretting
That she would soon be forced to attend some soirée at her husband's insistence
Reawaking her terror of crumbling into non-existence

She could fade into the woodwork without leaving a trace
Her presence was so faint that one could almost see through her
Drifting like a phantom as if in another time and place
The slightest effort to engage her in conversation could completely undue her

If she ever managed to speak it was in an almost unhearable whisper
Her voice as soft, weak and hushed as a rejected half-sister
If in the most uncomfortable moment she came face-to-face with the host
The weight of the air made her lungs burn and her throat dry as toast

She lived in her husband's shadow as if she did not cast one of her own
He was the life of each party and the center of enforced attention
His self-focus and deep arrogance had become way overblown
He forever spewed out stories of his own righteous invention

He sucked the air out of the room like a Hoover vacuum cleaner

Towering over each guest with his boisterous demeanor
No one could crack through his monologue with a chisel or a hammer
His rapid rebuttal could make any challenger stammer

Her husband's annual office party was the event she most dreaded
Searching for a way to bury her fear that was so deeply embedded
Always a parade of boring speakers and drivel with no talent or skill
The pompous crowd feigned attention until it finally had its fill

This time something occurred that no attendee could have known
She unexpectedly but with poise drifted onto the brightly lit stage
Her delicate fingers opened the book to the specifically marked page
She began to read her poem with a voice of angelic quality and tone

The startled and stunned witnesses froze as her resonance held them at
bay
For three minutes it seemed no soul breathed or dared touch a spoon
Her words resounded like church bells ringing at high noon
Then she smiled, she closed the book and she walked away

WALK AWAY FROM TROUBLE

He came from the east Texas piney woods
A poor kid destined to do no good
She came from a north Dallas neighborhood
A privilege unspoken but understood

A bartender gig was the best he could muster
At a southside bar that had long lost its luster
Where she and her pack played out their schoolgirl games
Spouting street slang as if it could kill and maim

She blasted him with a look as if fired from a laser
While he poured her a Don Julio with a sweet lime chaser
Her breath left a brand on his trembling cheek
His heart pounded so loudly he couldn't hear himself speak

When they kissed he sensed danger around every curve
But a few sips of Remy helped shore up his nerve
Her plan struck him like lightning from the red rumbling sky
Let's head to LA and leave this place high and dry

She swore that the west was the center of the earth
Where every lost soul could find value and worth
Swaying palms in white sand under a crimson sunrise
Only beautiful people with stars in their eyes

All his dad left him was a sad piece of advice
Life isn't much more than a roll of the dice
Don't stick your fingers in the gears of the machine
Just walk away from trouble and keep your nose clean

That advice rang in his ear when they climbed into his Ford
Her bare feet planted on the woodgrain dashboard
Her bleach-blonde ponytail bounced in the wind
A laugh and a giggle around every bend

In Tempe the day heated to a simmering boil
Every truck stop wreaked of gasoline and oil
A mirage flowed across the highway like a wandering stream
But the desert oasis faded quickly into a forgotten dream

From the Scottsdale suburbs to the outskirts of Blythe
The air was so thick you could cut it with a knife
The Mojave swallowed the fast-sinking sun
Leaving clouds on the horizon like smoke from a gun

His fantasy collapsed on La Brea Avenue
Stranded kids with charred faces all battered and blue
Shirtless drifters in ragged and ripped jeans
Conjuring up images from old horror movie scenes

She saw only beauty from the bay to the beach
Peace, calm and serenity all within her reach
He knew their short story had withered and died
When she told him goodbye and thanks for the ride

He pulled a 180 and his head started to spin
As he turned back east on the desolate two lane
He wouldn't change a thing and he would do it again
To him it was worth every ounce of the pain

BROWN COUNTY HEAT

They should have blown the one-horse town
But they never felt the need
So Roy turned to a badge and gun
While Buddy kept smoking weed
There seemed to be no way to retreat
From the dry Brown County heat

The memory that stings like a scorpion
Made Roy's skin red as Texas clay
Drinking himself from bar to bar
Turned his hair a silky gray

He faces each sunrise bleary-eyed
Waking from the unearthly dream
The flashbacks to that fateful day
Flow like a never-ending stream

Tall cactus stood like sentries
Guarding the two-room cedar shack
Dust devils kicked up tumbleweeds
And drove them down the track

The sun fought through the morning fog
Charmed by the forgiving breeze
That's when the elusive bags appeared
Once hidden beneath the eaves

The tension buzzed like a power line
While rangers counted 40 keys of dust

He wanted to let Buddy break and run
But he had to make the bust

The red lights flashed like fireflies
As they cuffed his sunburned wrists
Buddy shot back a languished grin
Wondering how it all came to this

The bond they built for 40 years
Vanished in a single day
His shattered soul felt cold and weak
As he watched them drive away

Now his life's not worth a tattered suit
He's already too old to die young
The searing pain had taken root
There were no songs left to be sung
Still wondering why he never found a way to beat
The dry Brown County heat

CAFÉ GUAYOYO

The bright but crooked sign above the swinging door read "Café
Adentro"
It teetered on the outer edge of Quito's chaotic centro
Room for only two tables and a three-stool bar
In the corner a weathered llanero strummed his cuatro guitar

The heavy sweet aroma drew him inside the damp but cozy place
As the guayoyo coffee dripped he couldn't take his eyes off of her face
She didn't speak a word of English and his Spanish was a mess
Whatever she was saying he could only venture a guess

He sensed the passion and he loved the feel and the sound
Each word and phrase floated on the air just above the ground
He tried to show some compassion wishing she could read his mind
But his flailing efforts fell to the floor of their own imperfect design

Her smile was as wide as the Rio Orinoco
Her skin as gold as the soft sands of New Mexico
Her teeth were as bright as the Panhandle snow
He wanted to save her and bring her back to San Angelo

She served up corn arepas from the wood-burning stove
The surreal scene unfolded as if he had uncovered a treasure trove
She had escaped the Chavistas on a hot rainy night
Her only choice was to leave her home or be ready for the fight

He loved his time in the city that stretched out so long and lean
He visited her place often and counted the hours in between
There was something so compelling about the little cafe

He hated to leave its comfort but he knew he couldn't stay

He sent her photos from the travels he made around the world
She sent him photos of Caracas behind a smiling little girl
Neither made the slightest mention of the steps in any plan
If he could get back to see her he just might play his hand

On his next pass through Quito the rainy season took its toll
With the streets closed he found himself stuck in some broken down hole
The power grid blew when the poles came crashing down
And he never made his way to the other side of town

Then the space between her messages grew wider and longer
At the same time his drive to see her became even stronger
He kept trying to reach her but the silence began to show
As his obsession dug deeper he knew he had to go

He remembered that her hair curled like whitewater in the Colorado
And her eyes were as black as the feathers of a Tamaulipas Crow
Her voice as warming as the west Texas winds could ever blow
He wanted to save her and bring her back to San Angelo

On the flight it struck him that his idea was completely insane
Crazier still since he couldn't even pronounce her last name
To this point his life had played out so calm and so tame
But this encounter had ignited some inextinguishable flame

He crashed through the door only to find a smoking rasta-haired chico
He asked where she was and how soon he could see her
The boy slowly stammered through the smoke rings he could blow

That his mom had left weeks ago and returned to Maracaibo

He darted out so quickly that the swinging door nearly flew off of its
hinge
The words rang in his ears and made his whole body cringe
He shouted "aeropuerto" to a taxista slouched behind the wheel
In a split-second he ground the gears and the tires began to squeal

While the driver honked his way through heavy traffic
He eyed himself quickly in the taxi's cracked rear view
Was he racing to try to find her or was he finished and heading home
As the cafe disappeared behind him he only wished he knew

MUSTANGS DANCE

Like a graceful Spanish bolero
The mustangs dance down the South Rim Trail
Scattering only a hint of dust
When the gray coyotes wail

The scent of windswept pines glides
Over the edge and down the canyon sides
The chill of the desert dawn hangs low
Until it meets the sun from Mexico

Turquoise glistens against her topaz skin
Her serene eyes glow a vibrant emerald green
Her focus as sharp as an arrowhead
Betrays her fragile age of sixteen

Always alone and far away from the pack
She is as wary as a western diamondback
Fearless as any Comanche brave
Who always seem to find an early grave

The war council is shrouded in amber smoke
The sonic prayers beg for release
They are pushed once again to the edge of their world
There's nothing more dangerous than a sidewinder curled

Looming anger crashes through the brittle trance
As the chieftains decide they would rather fight than hide
Under the half-hidden moon they paint and dance
Unleashing a fury of ardent pride

Releasing the unbearable weight of another year

The council listened without taking a breath
Blackhorse stood stoic but sadly impressed
When from the shadows his daughter arose
Her voice emboldened as her confidence grows

She can guide the young, the old, the weak
To the grassland prairie beyond the Chisos peak
They would move at first light toward the Palo Duro break
In a somber silence with so much at stake

She hears the war cries and the Winchesters' crack
But keeps the train moving and never looks back
She dreams the future can save the past
But the footprint of her clan is fading fast

The Texas plains rise like a quivering ocean
An unending yellow wave of shimmer and motion
Offering a brief haven from the finale they fear
Trying to cheat fate for another year

HUNGRY

The story of his family life sadly mirrored that of so many others. He never knew his father. He could barely remember his mother. He had a vague recollection of a brother and a sister. His mother did not have the means to take care of him, so he lived on his own and on the street from a very young age.

Everything was a blur because of the hunger, the fear, the weather and the never-ending effort to find a way to survive. These enemies dictated his every move and colored his every thought.

From dawn to dusk, he searched for food. Where could he find something to eat? He wasn't necessarily proud of what he did or how he did it, but he had developed some skills. He could grab a tossed-aside food container the second it hit the ground, devour the contents, if he was fortunate enough to find any, and then move on. He knew where to find the best trash containers through which he could rummage for a tiny morsel which hopefully could sustain him until he found the next.

He often begged on a street corner or outside a restaurant. He faced competition for the best spots. The lucky one got there first. Sometimes a walker, a driver, a patron or a worker would slip him something. When he was in the worst condition, he summoned up the nerve to step inside some place to quickly grab a remnant of food before the waiter cleared it. That felt like a gift from heaven.

With the hunger came the thirst. He drank water from places no one should ever have to drink. At times, he would get sick from it, but he had to take the risk. Quenching his thirst was the only time the weather could be his friend. Rain made it easier to find water and it might even be cleaner than the unimaginable spots to which he too often had to resort. The rest of the time he battled the weather – the rain and the cold – as yet another enemy.

His unkempt appearance offered him no help. His knotted hair had never seen a comb. He had brown and uneven teeth. If he ever had shoes, they were long gone. Now he walked with a limp and something always hurt. He had never seen a doctor or a dentist. Still there was a smile behind the hunger and the sadness. Sometimes the oddest things, like thirst, would make him smile or appear to do so. Inside, he never felt really good or happy; just hungry.

He slept wherever he could find a place he felt safe; at least relatively safe. Hopefully, a place that provided warmth and a dry space. His goal at night was to stay hidden. He twitched in his sleep dreaming he would wake up alive tomorrow and find enough food to survive another day.

There were other enemies, but the never-ending search for food outweighed his fear of them. Even crossing the street could bring danger. He had never driven a car so getting to the other side presented a special challenge. Were the drivers going to speed ahead or would they stop for him to cross? Yet another risk he had to take because on the other side he might find something better. Something safer.

Sometimes he lost track of his surroundings and became disoriented. Did he just cross this street or that one? Not that he had a home, but he had places that he liked better than others and he tried to stay close to them. Constant wandering often brought him back to a familiar place which eased his anxiety ever so slightly.

Many others like him, with stories just as disturbing, lived on the streets. He did his best to avoid problems and to get along. A hierarchy existed, but it was tough to figure out how it worked and the rules could change in an instant. Sometimes there were fights, seemingly without provocation. Yelling, screaming and arguing often punctuated the fights. He was small so he was always wary.

Here and there, he found "friends" who would hang together for awhile without any issues. That too could change in a heartbeat – especially when it involved food. Nothing in his life experience offered comfort or certainty, not for more than a moment.

Then there was the muttering, on occasion out of his own mouth and often out of the mouths of others. At times he could understand them; other times he couldn't even understand his own or what provoked it.

Another enemy made him and the others sense fear and danger. The uniformed soldiers would appear out of nowhere. For no discernible reason, they might chase after him and his friends. They might even place some of them in cars or trucks. They seemed to carry them away to a place from where no one ever returned. If they did, he never saw them again. He only knew his tiny corner of a huge world.

He was short, but he was fast and he had so far managed to escape from every life-ending encounter. As dangerous as it was, and as hungry as he was, he still felt safer on the streets. At times though, he became so weak that he didn't think he could face another day of fear and hunger. Weakened by everything around him, he felt like giving up. Maybe he would go to sleep and that would be the end of it.

One sunny afternoon he was cautiously creeping through the picnic tables at his favorite park. Suddenly, he locked eyes with a curious young girl. As always, his first instinct was to run. Something felt different this time. The girl giggled, shrieked and clapped her hands while staring directly at him.

He didn't run away. In fact, against every notion he had ever experienced, he ran toward her. She remained firmly planted in place and did not back away an inch. She was not afraid of him.

When he was so close that she could touch him, he rolled over on his back. She knelt beside him and rubbed his tummy. He had never felt anything like that before. He squirmed on the ground and his legs involuntarily kicked in the air as if he was reaching for something unseen. He prayed she would never stop.

She was little, but he was tiny. She scooped him up with just one arm. Yes, he stunk a little, okay a lot, and his hair was as matted as an old carpet. She fell in love with him instantly. Even though he had no idea what it meant, he felt the same.

"Mommy look at this little guy! He came right up to me and rolled over. He is scared. Shouldn't we try to help him? Maybe we could even take him home!" The mom smiled, "Honey, he would be a big project, but he definitely needs some help. Let's see what we can do."

"Let's start by getting him some good food, a water bowl, maybe a soft bed and certainly a brush so we can try to comb out that mess. He looks like a friendly little puppy. Once we clean him up, he can sleep in your room. Now you have a new little buddy!"

He tilted his head from side to side as they discussed the situation. Again, he didn't understand, but he sensed that all of this noise and these sounds meant something good for him. This time he smiled a real smile; at least he gave it his best shot as he licked the little girl squarely on her cheek. She tasted sweet and salty at the same time. He liked that too.

He jumped in the back seat of the car and stuck his head out of the window feeling the cool breeze. They took him home to his new life with his half-tail wagging and with his happy crooked smile.

DESCENSO LENTO
Y
OTRAS PEQUEÑAS HISTORIAS

SLOW DESCENT
AND
OTHER LITTLE STORIES IN SPANISH

DESCENSO LENTO

Julio llamaba a una tarde bochornosa
Ella debe haber estado esperando la llamada
El viento erosionaba el aburrimiento
Tratando de perseguir el verano hasta el otoño

Mendigando pesos en el puente que le robaron a Juárez
El pañuelo de seda que oculta las líneas duras de tu rostro
Te acercaste y comencé a temer
Que cerrarías el libro y yo perdería mi lugar
Sentí tu llamada y comencé a caer en un descenso lento

Nunca mirabas directamente a la cámara
Decías que el flash era un resplandor cegador
Vi una historia cuando el día comenzó a derretirse
Y el sol goteaba de tu cabello decolorado por la arena

Te mostraría como una rara contesa traicionada
Para que todos mis amigos del circuito plateado la vieran
Sonora gitana de la caravana
Tan tranquila en su miseria casual
Una fantasía que me sentenció a un descenso lento

Seguiste mi ejemplo como un bailarín
Se sorprendieron de que pudieras ser tan ingenua
Yo siempre jugué un buen juego de charadas
Pero nunca vi la carta de triunfo bajo la manga

Ahora el rumor recorre las calles susurrando tu reclamo a millones
Contra el patrimonio español del barón

Mil pretendientes se alinean en el bulevar
Con sus cuchillos para trinchar y platos de papel

Mientras veía tu revista de moda pacificarte
De repente parecías tan cínica y elegante
Tus palabras cortaban a través del aire como diamantes
Mientras mis medias sonrisas se derrumbaban a tus pies

Ahora los platos bailan fuera del Sundown Cafe
Donde atrapaste mis últimas lágrimas de despedida
Un minutero debe usar sus armas
Para salvarlo de las dagas en tu ojo

Ahora estoy fuera de tus paredes de mármol y me pregunto
Si recuerdas o incluso sabes mi nombre
Todo lo que queda de ti es solo un recuerdo hastiado
Y un marco de imagen vacío
Viniste y te fuiste y me dejaste en un descenso lento

DISCULPAS CANSADAS

Su voz se quebró como un trueno
Cuando ofreció su mejor adiós
Disculpas cansadas rodaron de sus labios
Pero él no podía mirarla a los ojos

La mecedora crujió mientras él luchaba por ponerse de pie
Para murmurar alguna frase incoherente
Para entonces las palabras de ella habían desaparecido
Así que él se hundió de nuevo en su bruma

El polvo voló de los escalones rotos
Donde la sombra de ella solía estar
Soñaba que escuchaba su tierno susurro
Tan suave como el llanto de un nuevo ángel

Sus nervios agudos como una navaja
Saltaban con el crujido de cada hoja
Otra ronda de pastillas azules frías
Ya no rompió la pena

Esta noche se despierta de nuevo
Es más de lo que puede tomar de nuevo
Él está demasiado abajo para tratar de fingir
O justificar lo que no pretendía

El vino derramado en espiral por la pata de la mesa
Formando charcos en el suelo
La culpa furiosa desde lo más profundo
Filtrada por cada poro

Los dedos helados de soledad
Se arrastraban por cada vena
La delgada fachada que una vez había construido
Se había agrietado bajo la tensión

Silencio inquieto como un tren de carga rugió
Desenredado y deshecho
Con manos temblorosas y ojos hundidos
Su batalla acababa de comenzar

Esta noche se despierta de nuevo
Mientras él siente que su corazón se rompe y se dobla
Un dolor febril que no puede defender
Es más de lo que puede tomar de nuevo

BLANCO Y NEGRO

La piel del niño era tan pálida y delgada como la porcelana blanca y fina
Sus ojos tan grises como un cielo nublado en un frío día de diciembre
Nunca mostró ninguna emoción pero dentro de su mundo había un océano embravecido
Ninguna palabra ni sonido – solo una mirada congelada como un reloj sin cuerda

Sus gruesos rizos de cabello castaño chocolate caían
De todas partes contrarrestando su piel clara y su mirada vacía
Ellos intentaron llegar al niño con todo tipo de artilugios y juguetes
Lo que parecía más molestar que ofrecer el más mínimo indicio de alegría

El niño había construido un muro tan grueso y tan estratégicamente colocado cada ladrillo
Que ningún grito o charla podía romperlo
Solo tocaba papel y bolígrafo hasta que los recogiera de nuevo
Para completar los tonos oscuros de cada boceto que dibujaba

El ve el mundo en blanco y negro y dibuja como lo ve
Cada gran trazo de tinta desbloquea su talento y lo libera
Una imagen viaja desde su corazón hasta sus manos y el resultado lo muestra
El esfuerzo parece calmar su lucha o al menos retrasarla

Para el anciano de al lado cada respiración era un trabajo y una tarea
La gravedad lo había pesado como un árbol inclinado hacia el suelo
Sus días largos y vacíos se nublaban con remordimiento y arrepentimiento

Desde el amanecer más desolado hasta el atardecer más severo

La vida había tallado cañones desde su frente hasta su mejilla curtida
Que poco a poco se hacían más profundos con cada semana que pasaba
Telarañas salían de las esquinas de sus ojos
Todas las advertencias intermitentes de una muerte inminente

Nadie sabía su nombre ni el trágico lugar de dónde procedía
Nadie podía entrometerse en su soledad perpetua
Una vez compuso pinturas exquisitas de profunda belleza y gracia
Entre los mejores de su época se había ganado legítimamente un lugar

Ella le había dado el impulso para mantener viva su pasión
Ella lo inspiró hasta el punto en que su artesanía podía prosperar
En una fracción de segundo el cuento de hadas se detuvo
El día que la encontraron sin aliento sobre el asfalto ardiente

De alguna manera el chico siente una conexión abrumadora
Se encuentra atraído como un imán en la dirección del vecino
Toca el timbre y deja caer un dibujo en el felpudo gastado
Luego desaparece detrás de los altos arbustos en dos segundos

Se arrastra por la habitación tenuemente iluminada
Para alcanzar su punto máximo fuera de su melancolía autoimpuesta
Conmocionado y abrumado por la habilidad del niño que descubre
Una imagen increíble pero sin ningún color

Día tras día el chico le deja uno nuevo en blanco y negro
Cada uno ofrece una escena con una visión más poderosa
Comienzan a romper el caparazón endurecido del anciano
Destrozando los muros de su infierno desconsolado

El niño descubre un libro desgastado de pinturas para su deleite con los ojos muy abiertos

Lleno de pasteles brillantes que resplandecen a la luz de la tarde

El anciano deja a un lado una caja llena de pinturas, una paleta y pinceles

Cada uno cobra vida en las apretadas garras del joven

Los explosivos toques de rojo, naranja y verde
Se le aparecen al niño como nada que haya visto antes
De repente, un mundo nuevo y vívido se revela ante él
Deja a un lado los ruidos y decide ignorarlos

Ahora se sientan uno al lado del otro en el columpio del porche
mientras se desliza
Como el suave movimiento de las frescas mareas vespertinas
Sostenido por una cadena oxidada que cruje por sus años
Nunca hablan pero el viejo sabe que el chico escucha

Cada uno crea su próxima visión en un intenso boceto
Y se lo da al otro con los brazos extendidos
Cada uno felicita al otro con movimientos de cabeza y sonrisas
Seguido de risas profundas que viajan a mil millas

NADA ERA IMPORTANTE HASTA QUE TODO LO FUE

Tallar la noche detrás del noveno hoyo verde
Puliendo la imagen de un adolescente torturado
Explotar a Hendrix como un faro a través del lago del club de campo
Luchando por mantenerse despierto para echar un vistazo al amanecer

Tostarse al sol en el destartalado muelle
Quemar horas sin poner los ojos en el reloj
Montar la estela detrás del gemelo Evinrude
Romper un juego de bola 8 para mantener el estado de ánimo

Andar en bicicleta por el camino de los ciervos cerca del tanque de Camp Bowie
Encender un Kool en el banco cubierto de musgo
Mirar el tren desde abajo del puente Bluffview
Escuchar el estruendo distante antes de que llegue a la cima de la cresta desnuda

Botas en el parachoques en Riverside Park
Estrellas ardiendo como seis pistolas en la oscuridad sin luna
Nada más importante que atrapar un zumbido
Nada más importante hasta que todo lo fue

Ella era un sueño de ojos color avellana bañado en azul violeta
Un terremoto sísmico que partió su corazón en dos
El temblor de su belleza sacudió el centro de su alma
Una supernova gigante que no quería controlar

Toda la charla sin sentido se desvaneció como una camiseta barata

La risa de la niñez se estrelló de cabeza en la tierra
Su angustia se enfrió rápidamente
Transformándose en un murmullo de pasión armónica

Estaba pensando que siempre permanecería como estaba
Pero nada cambia en un santiamén hasta que todo lo hace

ESCAPANDO DE SU PRISIÓN

Ella tenía ojos pequeños apáticos puntuados por una extraña falta de pestañas
Todo en su mayoría escondido detrás de sus gafas oscuras con montura de carey
Su cabello sin vida y ralo no emitía ningún color
Llevaba una forma peculiar que recordaba a una muñeca Raggedy Ann

Ella era terriblemente tímida cuando la empujaban a cualquier entorno social
Había pasado la mayor parte de su día contemplando y lamentando dolorosamente
Que pronto se vería obligada a asistir a una velada ante la insistencia de su marido
Volviendo a despertar su terror desmoronarse en la inexistencia

Ella podía desvanecerse en la pared sin dejar rastro
Su presencia era tan tenue que casi se podía ver a través de ella
A la deriva como un fantasma como si estuviera en otro tiempo y lugar
El más mínimo esfuerzo por involucrarla en una conversación podía desviarla por completo

Si alguna vez ella logró hablar fue en un susurro casi inaudible
Su voz tan suave, débil y silenciosa como una medio hermana rechazada
Si en el momento más incómodo ella se encontraba cara a cara con el anfitrión
El peso del aire hacía que sus pulmones ardieran y su garganta se secara como una tostada

Ella vivía a la sombra de su marido como si no proyectara una propia

Él era el alma de cada fiesta y el centro de atención forzada
El enfoque en sí mismo y su profunda arrogancia se habían vuelto
demasiado exagerados
Siempre vomitaba historias justas de su invención

Él aspiraba el aire de la habitación como una aspiradora Hoover
Elevándose sobre cada invitado con su comportamiento bullicioso
Nadie podía romper su monólogo con un cincel o un martillo
Su rápida refutación hacía tartamudear a cualquier retador

La fiesta anual de la oficina de su esposo era el evento que ella más temía
Buscando una manera de enterrar su miedo que estaba tan
profundamente arraigado
Siempre un desfile de oradores aburridos y tonterías sin talento ni
habilidad
La pomposa multitud fingió atención hasta que finalmente se llenó

Esta vez ocurrió algo que ningún asistente podía haber sabido
Inesperadamente pero con aplomo ella se deslizó hacia el escenario
brillantemente iluminado
Sus delicados dedos abrieron el libro en la página específicamente
marcada
Ella empezó a leer su poema con una voz de calidad y tono angelical

Los testigos sorprendidos y atónitos se congelaron cuando su
resonancia los mantuvo a raya
Durante tres minutos parecía que ningún alma respiraba o se atrevía a
tocar una cuchara
Sus palabras resonaron como campanas de iglesia sonando el mediodía
Luego ella sonrió, cerró el libro y se alejó

ALÉJATE DE LOS CONFLICTOS

Él era de los bosques de pinos al este de Texas
Un pobre joven destinado a no hacer nada bueno
Ella venía de un vecindario al norte de Dallas
Un privilegio tácito pero entendible

Un puesto de camarero fue lo mejor que él pudo reunir
En un bar del lado sur que había perdido su brillo durante mucho tiempo
Donde ella y su pandilla jugaban sus juegos de colegialas
Escupiendo jerga callejera como si pudiera matar y mutilar

Ella lo aniquiló con una mirada como disparada por un láser
Mientras él le servía un Don Julio con un chaser de lima dulce
Su aliento había dejado un hierro en su mejilla temblorosa
Su corazón latía tan fuerte que no podía oírse hablar

Cuando se besaron él sintió peligro en cada curva
Pero unos tragos de Remy le ayudaron a recuperar los nervios
Su plan lo golpeó como un rayo desde el cielo rojo y retumbante
Vayamos a la ciudad de Los Ángeles y dejemos este lugar alto y seco

Ella le juró que el oeste era el centro de la tierra
Donde cada alma perdida podía encontrar valor y aprecio
Palmeras que se balanceaban en la arena blanca bajo un amanecer carmesí
Solo gente hermosa con estrellas en los ojos

Todo lo que su papá le había dejado era un triste consejo
La vida no es mucho más que una jugada de dados

No metas los dedos en los engranajes de la máquina
Solo aléjate de los conflictos y mantén tu nariz limpia

Ese consejo resonó en sus oídos cuando subieron a su Ford
Los pies descalzos de ella plantados en el tablero de madera veteada
Su cola de caballo rubia blanqueada rebotaba en el viento
Una risa y una risita en cada curva

En Tempe el día se calentaba a fuego lento
Cada parada de camiones olorosa a gasolina y aceite
Un espejismo fluía a través de la carretera como un arroyo errante
Pero el oasis del desierto se desvanecía rápidamente en un sueño olvidado

Desde los suburbios de Scottsdale hasta las afueras de Blythe
El aire era tan denso que podías cortarlo con un cuchillo
El Mojave se tragaba el sol que se hundía en forma rápida
Dejando nubes en el horizonte como humo de un arma

La fantasía de él se derrumbó en la avenida La Brea
Jóvenes varados con rostros carbonizados todos maltratados y azules
Vagabundos sin camisa en jeans rotos y harapientos
Evocando imágenes de viejas escenas de películas de terror

Ella solo veía belleza desde la bahía hasta la playa
Paz, calma y serenidad todo a su alcance
Él sabía que su cuento se había marchitado y había muerto
Cuando ella le dijo adiós y gracias por el paseo

Él dio un giro de 180 grados y su cabeza comenzó a dar vueltas
Mientras giraba hacia el este en los dos carriles desolados

No cambiaría nada y lo volvería a hacer
Para él había valido la pena cada gramo de dolor

EL CALOR DEL CONDADO DE BROWN

Ellos debieron haber escapado del pequeño pueblo
Pero nunca sintieron la necesidad
Así que Roy recurrió a una placa y un arma
Mientras Buddy seguía fumando hierba
Parecía que no había forma de retirarse
Del calor seco del condado de Brown

El recuerdo que picaba como un escorpión
Hacía que la piel de Roy se pusiera roja como la arcilla de Texas
Bebiendo por su cuenta de bar en bar
Había convertido su cabello en un gris sedoso

Roy se enfrenta a cada amanecer con los ojos llorosos
Despertar del sueño sobrenatural
Los recuerdos de ese fatídico día
Fluyen como una corriente interminable

Altos cactus se paraban como centinelas
Custodiando la choza de cedro de dos habitaciones
Los diablos de polvo levantaban plantas rodadoras
Y las conducían por la pista

El sol luchaba a través de la niebla de la mañana
Encantado por la brisa perdonadora
Fue entonces cuando aparecieron las escurridizas bolsas
Que habían sido escondidas debajo de los aleros

La tensión zumbaba como una línea eléctrica

Mientras la policía estatal contaba 40 kilos de polvo
Quería dejar que Buddy se rompiera y huyera
Pero tenía que atraparlo

Las luces rojas brillaban como luciérnagas
Mientras ellos le esposaban las muñecas quemadas por el sol
Buddy le devolvió una sonrisa lánguida
Preguntándose cómo todo había llegado a esto

El vínculo que habían construido durante 40 años
Desapareció un un solo día
Su alma destrozada se sentía fría y débil
Mientras Roy los miraba alejarse

Ahora su vida no vale un traje andrajoso
Roy ya es demasiado viejo para morir joven
El dolor abrasador ha echado raíces
No quedan canciones por cantar
Todavía preguntándose por qué él nunca encontró una manera de vencer
El calor seco del candado de Brown

CAFÉ GUAYOYO

El letrero brillante pero torcido sobre la puerta batiente decía "Café Adentro"
Se tambaleaba en el borde exterior del caótico centro de Quito
Había espacio solo para dos mesas y una barra de tres taburetes
En la esquina un curtido llanero rasgueaba su cuatro

El pesado y dulce aroma lo atrajo al interior del lugar húmedo pero acogedor
Mientras el café guayoyo goteaba no podía apartar los ojos de su rostro
Ella no hablaba ni una palabra de inglés y el español de él era un desastre
Fuera lo que fuera que ella decía solo podía aventurar una conjetura

Él sentía la pasión y le encantaba la sensación y el sonido
Cada palabra y frase flotaba en el aire justo por encima del suelo
Trató de mostrar algo de compasión deseando que ella pudriera leer su mente
Pero sus esfuerzos agitados cayeron al piso por su propio diseño imperfecto

Su sonrisa era tan ancha como el río Orinoco
Su piel tan dorada como las suaves arenas de Nuevo México
Sus dientes eran tan brillantes como la nieve del Panhandle
Quería salvarla y traerla de regreso a San Ángelo

Ella servía arepas de maíz de la estufa a la leña
La escena surrealista se desarrollaba como si hubiera descubierto un tesoro oculto
Ella se había escapado de los chavistas en una calurosa noche lluviosa
Su única opción era dejar su casa o estar lista para la pelea

A él encantaba su tiempo en la ciudad que se extendía tanto y tan
delgada
Visitaba el lugar de ella a menudo y contaba las horas entre las visitas
Había algo tan convincente en la pequeña cafetería
Odiaba dejar su comodidad pero sabía que no podía quedarse

Él le enviaba fotos de los viajes que había hecho por el mundo
Ella le enviaba fotos de Caracas detrás de una niña sonriente
Ninguno hizo la más mínima mención de los pasos en ningún plan
Si él pudiera volver a verla podría jugar sus cartas en la mano

En su siguiente paso por Quito la temporada de lluvias le pasó factura
Con las calles cerradas él se encontraba atrapado en un agujero roto
La red eléctrica explotó cuando los postes se derrumbaron
Y nunca llegó al otro lado de la cuidad

Luego el espacio entre sus mensajes se hizo más amplio y largo
Al mismo tiempo su deseo de verla se hizo aún más fuerte
Siguió tratando de alcanzarla pero el silencio comenzó a mostrarse
A medida que su obsesión se hacía más profunda supo que tenía que ir

Él recordaba que su cabello se rizaba como aguas blancas en el río
Colorado
Y sus ojos eran tan negros como las plumas de un cuervo de Tamaulipas
Su voz era tan cálida como los vientos del oeste de Texas podían soplar
Quería salvarla y traerla de regreso a San Ángelo

En el vuelo se le ocurrió que su idea era completamente loca
Más loca aún ya que ni siquiera podía pronunciar el apellido de ella
Hasta este punto su vida se había desarrollado tan tranquila y mansa

Pero este encuentro había encendido una llama inextinguible

Se estrelló contra la puerta solo para encontrar a un chico de pelo rasta fumando
Le preguntó dónde estaba ella y cuándo podría verla
El joven tartamudeó lentamente a través de los anillos de humo que podía soplar
Que su mamá se había ido hacía ya semanas y vuelto a Maracaibo

Él salió corriendo tan rápido que la puerta batiente casi salió volando de sus bisagras
Las palabras resonaron en sus oídos y todo su cuerpo se estremeció
Le gritó "aeropuerto" a un taxista encorvado al volente
En una fracción de segundo el chofer movió los engranajes y los neumáticos comenzaron a chirriar

Mientras el conductor tocaba la bocina y se abría paso entre el tráfico denso
Él se miró rápidamente en el retrovisor agrietado del taxi
¿Estaba corriendo para tratar de encontrarla o había terminado y se dirigía a casa?
Cuando la cafetería desapareció detrás de él solo deseaba saber

EL BAILE DE LOS MESTEÑOS

Como un elegante bolero español
Los mesteños bailan por el sendero South Rim
Dispersando solamente una pizca de polvo
Cuando los coyotes grises gimen

El aroma de los pinos azotados por el viento se desliza
Sobre el borde y por los lados del cañón
El frío del amanecer del desierto cuelga bajo
Hasta que se encuentra con el sol de México

El color turquesa reluce contra su piel de topacio
Sus ojos serenos brillan con un verde esmeralda vibrante
Su enfoque tan nítido como una punta de flecha
Traiciona su frágil edad de dieciséis

Siempre sola y lejos de los compañeros
Ella es cautelosa como una serpiente de espalda-diamante occidental
Intrépida como cualquier Comanche valiente
Quien siempre parece encontrar una tumba temprana

El concejo de guerra está envuelto en humo ámbar
Las oraciones sónicas piden liberación
Ellos son empujados una vez más al borde de su mundo
No hay nada más peligroso que una cascabel enroscada

La ira que se avecina se estrella a través del frágil trance
Mientras los jefes deciden que prefieren pelear que esconderse
Desatando una furia de orgullo ardiente
Liberando el peso insoportable de un año más

El concejo escuchaba sin respirar
Blackhorse permanecía estoico pero tristemente impresionado
Cuando de las sombras surgió su hija
Su voz se envalentonó a medida que su confianza crecía

Ella puede guiar a los jóvenes a los viejos a los débiles
A la pradera de pastizales más allá del pico Chisos
Se desplazarían con las primeras luces hacia el desfiladero de Palo Duro
En un silencio sombrío con tanto en juego

Ella escucha los gritos de guerra y la grieta de los Winchester
Pero mantiene la caravana en movimiento y nunca mira hacia atrás
Ella sueña que el futuro puede salvar el pasado
Pero la huella de su clan se está desvaneciendo rápidamente

Las llanuras de Texas se elevan como un océano tembloroso
Una interminable ola amarilla de brillo y movimiento
Ofreciendo un breve refugio del final que temen
Tratando de engañar al destino otro año

HAMBRIENTO

La historia de su vida familiar reflejaba tristemente la de tantas otras. Nunca conoció a su padre. Apenas podía recordar a su madre. Tenía un vago recuerdo de un hermano y una hermana. Su madre no tenía los medios para cuidarlo por lo que vivió solo y en la calle desde muy joven.

Todo estaba borroso por el hambre, el miedo, el clima y el esfuerzo interminable por encontrar una manera de sobrevivir. Estos enemigos dictaban todos sus movimientos y coloreaban todos sus pensamientos.

Desde el amanecer hasta el anochecer, buscaba comida. ¿Dónde podría encontrar algo para comer? No estaba necesariamente orgulloso de lo que hacía o de cómo lo hacía, pero había desarrollado algunas habilidades. Podía agarrar un recipiente de comida tirado a un lado en el momento en que golpeaba el suelo, devorar el contenido, si tenía la suerte de encontrar alguno, y luego seguir adelante. Sabía dónde encontrar los mejores contenedores de basura en los que podía hurgar en busca de un pequeño bocado que, con suerte, podría sostenerlo hasta que encontrara el siguiente.

A menudo pedía limosna en la esquina de una calle o fuera de un restaurante. Se enfrentaba a la competencia por los mejores lugares. El afortunado llegaba primero. A veces, un paseante, un conductor, un patrón o un trabajador le deslizaban algo. Cuando estaba en las peores condiciones, reunía el coraje para entrar en algún lugar para tomar rápidamente un remanente que quedaba en algún lugar antes de que el mesero lo limpiara. Eso se sentía como un regalo del cielo.

Con el hambre venía la sed. Bebía agua de lugares que nadie debería tener que beber. A veces, se enfermaba por eso, pero tenía que correr el riesgo. Saciar su sed era la única vez en que el clima podía ser su amigo. La lluvia hacía que fuera más fácil encontrar agua e incluso podía estar más limpia que los lugares inimaginables a los que tenía que recurrir con demasiada frecuencia. El resto del tiempo luchaba contra el clima - la lluvia y el frío - como un enemigo más.

Su apariencia descuidada no le ofrecía ninguna ayuda. Su cabello anudado nunca había visto un peine. Tenía los dientes marrones y desiguales. Si alguna vez tuvo zapatos, hacía tiempo que se habían ido. Ahora caminaba cojeando y algo siempre le dolía. Nunca había visto a un médico ni a un dentista. Todavía había una sonrisa detrás del hambre y la tristeza. A veces, las cosas más extrañas, como la sed, lo hacían sonreír o parecían hacerlo. Por dentro, nunca se sintió realmente bien o feliz; solo hambriento.

Dormía dondequiera que podía encontrar un lugar en el que se sintiera seguro; al menos relativamente seguro. Con suerte, un lugar que brindara calidez y un espacio seco. Su objetivo por la noche era permanecer oculto. Se retorcía mientras dormía soñando que despertaría vivo mañana y encontraría suficiente comida para sobrevivir otro día.

Había otros enemigos, pero la búsqueda interminable de comida superaba el miedo que les tenía. Incluso cruzar la calle podía traer peligro. Nunca había conducido un automóvil por lo que llegar al otro lado presentaba un desafío especial. ¿Iban a acelerar los conductores o se detendrían para que él cruzara? Otro riesgo más que tenía que correr porque al otro lado podía encontrar algo mejor. Algo más seguro.
A veces perdía la noción de su entorno y se desorientaba. ¿Acababa de cruzar esta calle o aquella? No es que tuviera un hogar, pero tenía lugares que le gustaban más que otros y trataba de permanecer cerca de

ellos. El vagabundeo constante a menudo lo traía de regreso a un lugar familiar que aliviaba su ansiedad muy levemente.

Muchos otros como él, con historias igual de inquietantes, vivían en las calles. Él hacía todo lo posible para evitar problemas y llevarse bien. Existía una jerarquía, pero era difícil averiguar cómo funcionaba y las reglas podían cambiar en un instante. A veces había peleas, aparentemente sin provocación. Gritar, dar alaridos y discutir a menudo marcaban las peleas. Él era pequeño por lo que siempre estaba alerta.

Aquí y allá, encontraba "amigos" que estarían juntos por un tiempo sin ningún problema. Eso también podía cambiar en un santiamén - especialmente cuando se trataba de alimentos. Nada en su experiencia de vida le ofrecía consuelo o certeza, no por más de un momento.

Luego estaban el murmullos, en ocasiones de su propia boca y a menudo de la boca de otros. A veces podía entenderlos; otras veces ni siquiera podía entender los propios o lo que los provocaba.

Otro enemigo hacía que él y los demás sintieran miedo y peligro. Los uniformados aparecían de la nada. Sin razón aparente, podían perseguirlo a él y a sus amigos. Incluso podían colocar algunos de ellos en automóviles o camiones. Parecían llevárselos a un lugar del que nadie jamás regresaba. Si lo hacían, nunca más los volvió a ver. Solo conocía su pequeño rincón de un mundo enorme.

Era bajito, pero rápido y hasta ahora había logrado escapar de cada encuentro que podía terminar con su vida. Tan peligrosas como eran las calles, y tan hambriento como estaba, todavía se sentía más seguro en ellas. Sin embargo a veces, se volvía tan débil que no pensaba que podría enfrentar otro día de miedo y hambre. Debilitado por todo lo que lo rodeaba, sentía ganas de darse por vencido. Tal vez se iría a dormir y ese sería el final.

Una tarde soleada se deslizaba con cautela entre las mesas de picnic de su parque favorito. De repente, miró a los ojos a una joven curiosa. Como siempre, su primer instinto fue correr. Algo se sintió diferente esta vez. La niña rió, chilló y aplaudió mientras lo miraba directamente.

Él no se escapó. De hecho, en contra de todas las nociones que había experimentado, corrió hacia ella. La niña permaneció firmemente plantada en su lugar y no retrocedió ni un centímetro. Ella no le tenía miedo.

Cuando estuvo tan cerca que ella podía tocarlo, él rodó sobre su espalda. Ella se arrodilló a su lado y le frotó la barriga. Él nunca antes había sentido algo así. Se retorció en el suelo y sus patas patearon involuntariamente en el aire como si intentara alcanzar algo invisible. Rezó para que nunca se detuviera.

La niña era pequeña, pero él era aún más pequeño. Ella lo levantó con un solo brazo. Sí, apestaba un poco, bueno mucho, y su cabello estaba tan enmarañado como una alfombra vieja. Ella se enamoró de él al instante. Aunque no tenía idea de lo que significaba, él sintió lo mismo.

"¡Mami mira a este pequeño! Se acercó a mí y se volvió. Está asustado. ¿No deberíamos tratar de ayudarlo? ¡Quizás incluso podríamos llevarlo a casa!" La mamá sonrió: "Cariño, sería un gran proyecto, pero él definitivamente necesita ayuda. Veamos qué podemos hacer".

"Empecemos por darle buena comida, un tazón de agua, tal vez una cama suave y ciertamente un cepillo para que podamos tratar de arreglar ese desastre. Parece un cachorrito amistoso. Una vez que lo aseemos, podrá dormir en tu habitación. ¡Ahora tienes un nuevo amiguito!".

Él inclinó la cabeza de lado a lado mientras ellas discutían la situación. Nuevamente, no entendía, pero sintió que todo este ruido y estos sonidos significaban algo bueno para él. Esta vez sonrió con una sonrisa real; al menos dio lo mejor de sí mientras lamía a la niña en la mejilla. Ella sabía dulce y salada al mismo tiempo. A él también le gustó eso.

Saltó al asiento trasero del auto y asomó la cabeza por la ventana sintiendo la brisa fresca. Lo llevaron a casa a su nueva vida con su media cola meneando y con su feliz sonrisa torcida.

Don't miss out!

Visit the website below and you can sign up to receive emails whenever Ed Fair publishes a new book. There's no charge and no obligation.

https://books2read.com/r/B-A-RKJX-YURGC

BOOKS 2 READ

Connecting independent readers to independent writers.

About the Author

The author's life trajectory resembles that of a Picasso drawing - disconnected vertical, horizontal, diagonal and curved lines that do not necessarily make sense.

He grew up in Brownwood, Texas not far from the Texas-Mexico border. The first 18-years of that trajectory were uneventful; except that it did serve as his introduction, along with the rest of the world, into the recreational drug era.

That period was followed by a useless Bachelor's degree in government from the University of Texas at Austin and Master's degree in Social Work from Virginia Commonwealth University in Richmond.

The next line certainly did not connect, as the author literally fell into the music business, first working with his lifelong friend Van Wilks and then ZZ Top's management company. That was the beginning of a long trajectory in music.

After banging his head on the ceiling at that management company, the author took another disconnected turn earning a law degree at the University of Texas School of Law. This line actually DID connect to the next. After graduation, he wrangled a position in the entertainment department with a law firm in Los Angeles. This was followed by a position in the music department of the high-powered entertainment law firm in LA, then known as Bloom, Dekom and Hergott.

After enough time in LA, the author returned to Texas. He then practiced entertainment law for the next 28 years in Houston and Austin until his retirement in 2018. A side-turn during that time involved teaching music business and law courses at St. Edward's University in Austin, the University of Texas School of Music and School of Law in Austin and Austin Community College.

During his time practicing as an attorney, he was fortunate enough to work on projects for a diverse range of clients including the Beatles, Lucasfilm, Joe Cocker, the Bangles, Bruce Willis, Chamillionaire (one of his favorites), Los Lonely Boys, The Knack, Steppenwolf and the estates of Davy Jones and Doug Sahm. He was also involved in music legal work for many film and television projects including "Thelma and Louise".

After retirement, the author moved to Costa Rica and is now traveling like a nomad with his girlfriend through Central and South America.

About the Publisher

Self-Published by Ed Fair
ezflaw@gmail.com
Texas/Costa Rica/South America